La triche

La triche

Kristin Butcher

Traduit de l'anglais
par Lise Archambault

orca currents

ORCA BOOK PUBLISHERS

Catalogage avant publication de Bibliothèque et Archives Canada

(Orca currents)
Traduction de: Cheat.
Publ. aussi en formats électroniques.

ISBN 978-1-55469-997-1

I. Titre. II. Titre: Cheat. Français. III. Collection: Orca currents
PS8553.U6972C4414 2011   JC813'.54   C2011-903410-7

Publié en premier lieu aux États-Unis, 2011
Numéro de contrôle de la Library of Congress : 2011929410

Résumé : Laurel enquête sur la tricherie à son école.

*Orca Book Publishers se préoccupe de la préservation de l'environnement;
ce livre a été imprimé sur du papier certifié par le Forest Stewardship Council®.*

Orca Book Publishers remercie les organismes suivants pour l'aide reçue dans le
cadre de leurs programmes de subventions à l'édition : Fonds du livre du Canada
et Conseil des Arts du Canada (gouvernement du Canada) ainsi que BC Arts
Council et Book Publishing Tax Credit (province de la Colombie-Britannique).

*Nous remercions le gouvernement du Canada pour l'aide financière reçue dans
le cadre du Programme national de traduction pour l'édition du livre.*

Conception de la page couverture par Teresa Bubela
Photo de la page couverture par Getty Images

ORCA BOOK PUBLISHERS
PO Box 5626, Stn. B
Victoria, BC Canada
V8R 6S4

ORCA BOOK PUBLISHERS
PO Box 468
Custer, WA USA
98240-0468

www.orcabook.com
Imprimé et relié au Canada.

14 13 12 11 • 4 3 2 1

Pour Britany, qui m'a fourni le canevas de cette histoire.

Chapitre premier

Le sans-abri a révélé qu'il dormait dans la chaufferie de l'école depuis plus de trois mois. « Les fins de semaine, c'était beaucoup mieux, a-t-il dit. Il n'y avait personne — même pas de concierge. Il m'est arrivé de prendre une douche dans le vestiaire des garçons une fois ou deux. Ces nuits-là, j'ai dormi comme une bûche. »

Tara met un raisin dans sa bouche et continue à lire.

L'homme avait accès à l'école par une bouche d'aération à hauteur du rez-de-chaussée. Chaque soir, après la tombée de la nuit, il enlevait le grillage qui la couvrait et se laissait glisser au sous-sol, puis remettait le grillage en place derrière lui. Sa cachette a été découverte par hasard. La semaine dernière, une mouffette curieuse s'est faufilée par la bouche d'aération, dont le grillage s'était détaché. Elle en a profité pour faire une incursion dans l'école. Lorsque les élèves et les enseignants se sont mis à courir et à crier, la mouffette s'est enfuie vers l'orifice par lequel elle était entrée. Un concierge qui la poursuivait a découvert le lit de fortune du sans-abri derrière la chaudière du chauffage central. Il a appelé la police, qui a appréhendé l'homme lorsqu'il a pénétré dans l'école tard ce soir-là. La mouffette, elle, court toujours.

Tara baisse le journal.

— Eh bien, tant mieux pour la mouffette. C'est dommage pour le gars, tout de même. Il ne faisait de mal à personne. Il voulait seulement un endroit où dormir.

Je lui indique le journal.

— Continue à lire.

Le conseil scolaire n'a pas porté plainte. En fait, la conseillère Mme Norma Swanson a raconté cette histoire lors d'une réunion du conseil municipal. Elle a demandé aux membres du conseil d'examiner la situation. « S'il n'y a pas suffisamment d'abris et de soupes populaires pour satisfaire les besoins des moins bien nantis de notre communauté, il faut faire quelque chose », a-t-elle déclaré.

— Espérons que Mme Swanson sera entendue.

Tara pose le journal, croque un autre raisin et me regarde, les yeux écarquillés.

— Bon article, Laurel!

— Tu as l'air surprise, dis-je. Je ne suis pas prête pour la une d'un grand journal, mais je suis tout de même capable d'aligner quelques phrases.

— Je suis surprise, en effet.

Je reste bouche bée.

— Pas de ce que tu puisses écrire un bon article. Mais ceci est très différent de ce que tu écris d'habitude…

— Je sais, dis-je en soupirant. Cette histoire est certainement moins super-ficielle que mes comptes rendus des potins locaux et des soirées dansantes à l'école.

— Exactement, dit Tara. Ceci est important. C'est une vraie nouvelle!

— Tout à fait! dis-je en souriant. Merci, Tara.

— Je t'en prie, mais, dit-elle en fronçant les sourcils, comment as-tu découvert tout ça? J'avais entendu parler de la mouffette, mais pas du sans-abri.

J'essaie d'avoir l'air choquée.

— Tu ne t'attends tout de même pas à ce que je révèle mes sources?

— Euh, ouais, dit Tara. Je m'y attends.

Je hausse les épaules.

— Eh bien, j'ai écouté aux portes et j'ai eu de la chance. Le lendemain de l'incident avec la mouffette, Mme Benson m'a envoyée au bureau chercher des trombones. Mais la secrétaire n'était pas là. Tandis que je l'attendais, j'ai entendu M. Wiens qui parlait avec une femme dans son bureau. La porte étant ouverte, je n'ai pas pu m'empêcher d'entendre leur conversation.

— De quoi parlaient-ils?

— Du sans-abri. M. Wiens exprimait sa réticence à chasser cet homme qui n'avait pas d'autre endroit où aller.

— Et qui était la femme? demande Tara.

— J'y arrive. Tu n'as qu'à écouter.
La femme a répondu qu'elle en parle-
rait à la prochaine réunion du conseil
municipal.

Tara se mordille la lèvre.

— Ah…, dit-elle. Elle fait probablement partie du conseil scolaire.

— Oui, c'est ça, dis-je en acquiesçant.
Enfin bref, je me suis renseignée sur la
date de réunion du conseil municipal et
j'y ai assisté. J'ai dû endurer plus d'une
heure de plaintes au sujet des lampa-
daires et des nids-de-poule avant que
Mme Swanson ne prenne la parole.
C'était d'un ennui mortel.

— Wow. Tu t'es donné beaucoup
de mal pour cet article. Mais comment as-tu su que le sans-abri prenait
des douches dans le vestiaire des gars?
Tu n'aurais pas inventé ça, par hasard?

Cette fois-ci, je suis vraiment choquée.

— Bien sûr que non! Je suis restée
à l'école pendant quelques heures après

la fermeture. J'ai pensé que le gars allait peut-être revenir.

— Et il est revenu?

— Ouais. Il n'a pas essayé d'entrer, mais il est revenu. Au début, je n'étais pas certaine si c'était lui. Mais le gars mal habillé qui examinait la bouche d'aération ne pouvait être que le squatteur, alors je suis allée lui parler.

— Tu n'as pas eu peur? demande Tara. Il aurait pu t'attaquer ou je ne sais quoi.

— Oh, je n'y ai même pas pensé. Et rien n'est arrivé. En fait, il était plutôt sympathique et il a répondu à toutes mes questions. Je lui ai donné tout l'argent que j'avais sur moi : un billet de cinq dollars. J'espère qu'il s'est trouvé quelque chose à manger. Il semblait en avoir grand besoin. Il avait l'air d'avoir froid et il était maigre comme un clou.

Tara se redresse sur sa chaise.

— Comment vas-tu faire maintenant pour te remettre à écrire sur les parties de volley-ball et les débats scolaires?

La cloche se met à sonner et je n'ai pas le temps de répondre. Mais je pense à ce qu'elle a dit. Les reportages sur les activités ordinaires de l'école me sembleront sans doute ennuyeux maintenant que j'ai eu un avant-goût du vrai journalisme.

Chapitre deux

Le journal n'a paru qu'à midi, mais il
semble que tout le monde ait déjà lu
mon article au moment où nous retour-
nons en classe. Je marche jusqu'au
vestiaire comme sur un tapis rouge.
Tous les trois pas, quelqu'un me félicite,
même des élèves que je ne connais pas.

— Géniale, ton histoire, Laurel.

— Super, ton article.

— Excellent reportage.

Je ne peux pas m'arrêter de sourire. Les élèves ont lu mon article et ils l'ont aimé. Même Jack me fait un compliment.

J'ai l'impression d'avoir la berlue. Bien que nous soyons frère et sœur, Jack fait souvent comme s'il ne me connaissait pas quand nous sommes à l'école. Mais le voilà appuyé contre mon casier, le visage éclairé d'un large sourire.

— Beau travail, Laurel, dit-il en me tapotant la tête avec le journal roulé. C'est un bon reportage. J'ai aimé la dimension humaine. C'est brillant!

— Merci, dis-je.

Puis, parce que j'ai l'habitude de le taquiner, j'ajoute :

— Mais j'ignorais que tu savais lire.

Il me lance un regard mauvais.

— Très drôle. Penses-tu que la moitié des universités du pays voudraient m'avoir si je n'étais pas intelligent?

Je lève les yeux au ciel.

— Ça leur est égal que tu sois intelligent ou pas. Ce qui les intéresse, c'est que tu saches lancer un ballon dans un panier. Je gage que tu viens de lire l'article que Dean a écrit à ton sujet.

J'attrape le journal et le déroule.

— Ah! Je le savais, dis-je en lui indiquant le titre : *Finissant de Barton promis à un brillant avenir.* Tu ne dois pas croire tout ce que tu lis, mon cher frère. Dean a tendance à exagérer.

— De quoi parles-tu? Tout ce qui est écrit là est exact. C'est un fait qu'une demi-douzaine de collèges et universités m'ont offert une bourse d'études pour sportifs. Il ne me reste qu'à décider quel établissement est digne de me recevoir.

Je roule des yeux de nouveau.

— Crois-moi, aucun n'est digne de toi. Mais lorsqu'ils s'en rendront compte, il sera trop tard, puisque tu y seras déjà.

— C'est une blague?

— Si tu ne le sais pas, c'est que j'ai raison. Et maintenant, file, dis-je en le poussant. Je ne veux pas qu'on découvre que nous sommes frère et sœur. Je tiens à ma réputation.

Il pousse un grognement et s'éloigne avec un air fanfaron.

Bien qu'il soit difficile à supporter, je suis quand même fière de mon frère. Je ne le lui avouerais pas, mais c'est vrai. Il est vraiment intelligent. Ses résultats scolaires sont excellents et c'est un joueur de basket exceptionnel. Tout le monde l'aime, surtout les filles de l'école.

C'est donc mon devoir de me moquer de lui chaque fois que j'en ai l'occasion. Sinon, il aurait la tête tellement enflée qu'il faudrait lui trouver des T-shirts à fermeture éclair.

Mais en ce moment, c'est moi qui ai la tête enflée. J'ai écrit un article sur un sujet important et les gens l'ont lu. C'est pas mal génial, vu que je me suis jointe à l'équipe du journal seulement pour faire quelque chose que Jack n'avait pas déjà fait.

Pas facile de se faire un nom à l'école lorsqu'on est la sœur d'une légende vivante. Tout ce que je voulais essayer, Jack l'avait déjà fait, et avec brio. Mais maintenant, après des mois passés à écrire des articles sans importance sur des sujets nuls, je viens de percer. Je flotte sur un nuage tout l'après-midi tellement je suis gonflée à bloc.

L'auto de maman n'est pas dans l'entrée lorsque j'arrive à la maison, mais la porte n'est pas fermée à clé. Il n'y a qu'une explication : Jack est arrivé avant moi. Ou plutôt : *Jack et Sean* sont arrivés avant moi. Sean et Jack sont meilleurs copains depuis toujours. S'ils ne jouent pas au basket, ils sont affalés devant la télé dans notre salle de séjour. Je suis certaine que Sean passe plus de temps chez nous que chez lui.

Les deux gars sont absorbés dans une partie de hockey imaginaire et ne me voient pas entrer. Les bâtons et la rondelle sont invisibles, mais les cris et l'enthousiasme sont bien réels.

Je dois élever la voix pour me faire entendre :

— Où est maman?

— Pharmacie, crie Jack. Lance et compte! ajoute-t-il les bras levés en signe de victoire.

Sean secoue la tête et prend un air dégoûté.

— C'était un coup de chance.

Jack éclate de rire et se laisse tomber sur le sofa.

— C'est une affaire de technique, mon ami. Ravale ton envie.

Sean se gratte l'estomac.

— À propos d'avaler, qu'est-ce qu'on mange?

Il se dirige vers le frigo, en faisant un léger détour pour me décoiffer de la main.

— Fiche-moi la paix, dis-je en lui donnant un coup de hanche.

— Ce n'est pas une façon de parler pour une grande reporter.

— Ouais, t'as raison, dis-je en retenant un sourire.

— Sans blague. Ton article était excellent. Je l'ai bien aimé.

— Prochain arrêt : le *Globe and Mail*, dit Jack pour me taquiner. Ah! J'oubliais, il y a un message pour toi. Pas le *Globe and Mail*, mais un gars de l'*Islander*.

— Tu perds ton temps, Jack.

Je connais mon frère. Il essaie toujours de me faire marcher.

— C'est vrai. Je suis sérieux, insiste Jack.

Sur ce, il met le répondeur en marche et me tend le téléphone.

— Écoute, tu verras bien, dit-il.

Bien que je ne le croie pas, je porte le téléphone à mon oreille. Je m'attends à entendre la tonalité, mais il y a vraiment un message de l'*Islander*. C'est le rédacteur en chef. Il dit que sa fille étudie à Barton et qu'elle a rapporté le journal de l'école à la maison. Il a lu mon article et veut me rencontrer.

Je note rapidement son numéro et me précipite dans ma chambre pour retourner son appel.

Lorsque je raccroche, je suis abasourdie. Il veut publier mon article au sujet du squatteur! Dans l'édition de vendredi. Il va même me payer. Seulement 25 $, mais le fait est que je vais être payée pour mon reportage. Et ce n'est pas tout : il veut aussi voir mes prochains articles.

Je suis tellement excitée que je voudrais me mettre à écrire immédiatement. Mais il y a un hic : je n'ai pas de sujet.

Chapitre trois

Dès lundi matin, je suis devenue une célébrité. Toute la population a lu mon article dans l'*Islander*. M. Wiens l'a même mentionné lors de l'assemblée de ce matin. C'est embarrassant et excitant tout à la fois. Je ne sais pas quoi dire ou quelle attitude prendre.

Le test de mathématiques est donc bienvenu : il me fournit une distraction.

Je devrais être nerveuse, puisque je n'ai pas étudié. Mais je pense qu'en matière de math, on a la bosse ou pas. Et moi, je crois bien que je l'ai.

Mon pouls s'accélère toujours avant un test, mais une fois que j'ai commencé, tout va bien. Je me calme et me concentre sur ma tâche. Ces premières minutes de panique sont les plus difficiles.

— Écrivez votre nom sur votre feuille de réponses et laissez votre questionnaire à l'envers pour l'instant, dit Mme Abernathy. Vous pouvez utiliser vos calculatrices et du papier brouillon. Sur la feuille de réponses, noircissez *au crayon* la bulle correspondant à votre réponse. N'écrivez rien — je répète : *rien* — sur le questionnaire. Avez-vous bien compris?

Elle balaie la classe du regard. Personne ne lève la main. Nous connaissons tous la marche à suivre.

— Bien, dit Mme Abernathy. Vous avez toute la période pour faire le test.

Je regarde l'horloge. Il ne reste plus que trente-cinq minutes.

— Vous pouvez commencer.

Vingt-cinq questionnaires se retournent en même temps. Je regarde immédiatement la dernière page. Il y a trente questions, ce qui représente un peu plus d'une minute par question. Heureusement que toutes les questions sont à choix multiple. Les enseignants utilisent le terme *choix* multiple, mais soyons honnêtes. Pour de nombreux élèves, il s'agit plutôt d'un jeu de devinettes. Il me semble que les tests seraient plus utiles si les élèves devaient produire les réponses en utilisant leur raisonnement. Mais les enseignants devraient alors prendre le temps d'évaluer les réponses. Tandis qu'avec les tests à choix multiple, ils n'ont qu'à mettre les feuilles de réponses dans un scanneur et le tour est joué.

Je procède systématiquement. D'abord, je parcours le test rapidement pour voir le type de questions. Je peux ainsi utiliser mon temps de manière efficace. Puis je réponds tout de suite aux questions faciles. Autant accumuler le plus de points possible. Certains élèves s'attardent tellement sur une question qu'ils n'arrivent pas à finir le test. C'est bête. Moi, je laisse les questions difficiles pour la fin. Et lorsque je ne connais pas la réponse, j'essaie de deviner.

Encore dix minutes avant la fin de la période et il ne me reste que deux problèmes à résoudre. Pour une raison quelconque, mon cerveau fonctionne au ralenti. C'est un test de Mathématiques 10, mais on dirait plutôt du chinois. Je lève les yeux de ma feuille et regarde dans le vague en cherchant l'inspiration.

J'ai les yeux ouverts, mais je ne vois rien — en tout cas pour commencer. Puis un léger mouvement sur la gauche attire mon attention. Zoom sur le mouvement.

C'est une main — celle de Dale Pearson. À la hauteur de son siège. Son pouce est replié et quatre doigts sont étalés. Tandis que je regarde, sa main se referme en un poing, puis s'ouvre de nouveau. Cette fois-ci, il ne laisse dépasser qu'un seul doigt. Après quelques secondes, il referme sa main. Lorsqu'il la rouvre, les cinq doigts sont dépliés.

Ceci n'est évidemment pas une crampe d'écrivain. Dale envoie un message à quelqu'un.

Je regarde tout autour. Deux rangées derrière lui, Jarod Bailey fixe lui aussi la main de Dale. Chaque fois que Dale bouge les doigts, Jarod inscrit quelque chose sur sa feuille de réponses.

Soudainement, la lumière se fait. La cote de Jarod est un *D* soutenu. Dale a toujours des *B*. Ils sont meilleurs copains. Il est évident qu'ils trichent. Aucun doute possible.

Pas besoin d'être un génie pour comprendre le code qu'ils utilisent. Un seul doigt correspond à la réponse A, deux doigts, à B, et ainsi de suite.

J'ai peine à le croire. Je sais qu'il y a des élèves qui trichent, mais je n'en ai jamais été témoin.

— Il reste une minute, annonce Mme Abernathy d'une voix d'automate.

Une minute! Je n'arriverai pas à finir mon test. Il ne me reste qu'à espérer être forte en devinettes. Mais je ne suis pas inquiète. Deux mauvaises réponses ne vont pas me faire échouer.

D'ailleurs, ces points-là ne sont pas vraiment perdus : j'ai maintenant un sujet pour mon prochain article.

Chapitre quatre

L'article sur la tricherie s'écrit presque tout seul. C'est ce qui arrive lorsqu'un sujet me passionne : mon cerveau bouillonne et les mots débordent.

S'il y a des tricheurs dans ma classe de math, il y en a sans doute aussi dans les autres classes. Je viens de mettre à jour un réel problème, dont peu d'élèves sans doute soupçonnent l'existence. Si le rédacteur en chef de l'*Islander* a aimé mon dernier article, il va adorer celui-ci.

Je suis chez le dentiste lorsque paraît le journal de l'école et la récréation du midi est terminée lorsque je reviens à l'école. Je me glisse dans la classe de math aussi discrètement que possible et tends à Mme Abernathy mon billet de retard. Puis je me retourne pour gagner ma place. Tous les élèves me fusillent du regard. J'essaie de rester calme et de marcher jusqu'à ma place comme si tout était normal. Je m'assois, sors mes livres et me mets au travail. Mais ça n'aide pas. Je sens encore tous les regards — sauf peut-être ceux de Mme Abernathy — rivés sur moi.

Mais pourquoi?

Jarod Bailey se lève pour tailler son crayon. Lorsqu'il passe devant moi, il laisse tomber quelque chose sur mon pupitre.

— Judas, murmure-t-il.

Je baisse les yeux et vois un exemplaire du journal marqué d'un gros *X* noir en travers de mon histoire.

J'ai un nœud dans la gorge et un poids sur l'estomac. Je viens apparemment de passer dans le camp ennemi.

— Je ne comprends pas, dis-je à Tara et Liz en revenant de l'école. Tous les élèves de ma classe de math me détestent. Si vous aviez vu leurs regards assassins! Personne ne m'a dit un seul mot, sauf Jarod. *Personne*. Et quand la cloche a sonné, tout le monde a pris la fuite comme si j'avais la peste.

— À quoi t'attendais-tu? demande Liz. À un accueil triomphal?

— Qu'est-ce que tu veux dire?

— Penses-y, Laurel. Tu viens de dénoncer les élèves de ta classe.

— Mais non! Je n'ai pas nommé les tricheurs. J'ai seulement parlé de la tricherie.

Tara et Liz n'ont pas l'air convaincues.

— Bon, d'accord. Je peux comprendre pourquoi Jarod et Dale sont fâchés contre moi. Ils ne pourront plus tricher. Mme Abernathy va désormais surveiller tout le monde avec des yeux de lynx. Mais pourquoi les autres sont-ils fâchés?

Tara roule des yeux.

— Parce que Mme Abernathy va désormais surveiller tout le monde avec des yeux de lynx?

— Et alors?

— Ça veut dire que tout le monde est suspect. Tout le monde sauf toi, évidemment.

Je commence à comprendre.

— Oh, je ne l'avais pas vu sous cet angle-là.

C'est bien vrai. Je n'ai jamais pensé au fait que mes camarades de classe allaient être dorénavant sous le microscope.

— Au fait, pourquoi as-tu écrit cet article? demande Liz.

— Liz! Il y a des élèves qui trichent!

Elle hausse les épaules.

Je ne comprends pas son attitude.

— Oh, Laurel, reviens sur terre, dit Tara. Ce n'est pas comme si quelqu'un avait dévalisé une banque.

— Oui, c'est comme si. C'est malhonnête. Ceux qui trichent à l'école pourraient un jour dévaliser une banque.

— Oh, je t'en prie! dit Tara. Tu n'as jamais copié une réponse?

— Non.

— Et je devrais te croire? demande Tara. Tout le monde triche.

Je fais non de la tête.

— Pas tout le monde. Pas moi, dis-je. Et Liz non plus.

Je n'en suis pas tout à fait certaine, mais il y a peu de chances que je me trompe. Liz est la fille la plus intelligente que je connaisse. Si les enseignants ne lui donnent pas de devoirs, elle s'en invente. Depuis que je la connais — depuis la cinquième année — je ne l'ai jamais vue partir de l'école sans emporter une pile de livres.

C'est pourquoi j'ai été choquée de l'entendre dire :

— Eh bien, non, je n'ai jamais copié les réponses des autres. Mais j'ai laissé d'autres élèves copier les miennes. Pas souvent, mais lorsque je savais qu'ils avaient besoin d'un peu d'aide.

— Ce n'est pas de l'aide, dis-je en protestant, c'est de la tricherie!

À ma grande surprise, elle sourit.

— Voyons, Laurel. Calme-toi. Ce n'est pas grave. Qu'est-ce que ça peut faire si quelqu'un a quelques points de plus? La terre ne va pas s'arrêter de tourner. Mais ça peut empêcher quelqu'un d'être puni ou d'être renvoyé d'une équipe.

— Je n'en crois pas mes oreilles.

— Pourquoi? demande Liz.

— Parce que tu es intelligente. Tu vas être médecin ou avocat ou Premier ministre ou quelque chose comme ça. Pourquoi aiderais-tu des élèves à tricher?

Liz pousse un soupir.

— Parce que ça n'a pas d'importance. Ce qui arrive à l'école reste à l'école. Le vrai monde s'en balance.

L'attitude de mes amies me surprend. Je pensais faire une bonne action en écrivant cet article. Mais les autres voient la chose différemment.

Lorsque je demande à Jack ce qu'il en pense, il dit lui aussi que j'ai réagi de manière excessive. Suis-je la seule personne de Barton à distinguer le bien du mal? Ou bien Liz, Tara et Jack ont-ils raison? Me suis-je énervée sans raison?

Il faut que je le sache. Et je sais comment y arriver.

Je plaide ma cause auprès du rédacteur en chef du journal de l'école et il me permet finalement de publier un sondage sur la tricherie dans la prochaine édition.

Le lendemain de la parution du sondage, je me rends au local du journal. Par la fenêtre de la porte, je vois des morceaux de papier accumulés par terre sous la fente aux lettres. *Oui!* Les élèves ont répondu au sondage. J'entre et m'asseois par terre au milieu du tas de papiers.

Je les classe en piles selon les résultats, qui sont assez décourageants. La case la plus fréquemment cochée est celle qui dit *Ça ne m'inquiète pas.* Quelques élèves ont choisi *Ça m'inquiète un peu.* Il y a plusieurs

Je crois que personne ne triche. Seulement deux coches à la case *C'est très inquiétant.*

Beaucoup d'élèves ont écrit des commentaires. Et le ton est moins qu'amical. « T'as rien de mieux à faire? », « On s'en fiche » et « Fauteuse de trouble » sont les formulations les moins agressives.

Je soupire. Ce sondage n'a pas donné les résultats escomptés. Puis je l'aperçois. Un bout de papier comme les autres, sauf qu'aucune case n'a été cochée. Mais en travers et au feutre rouge, c'est écrit : *TESTS AU SCANNEUR DE DRAPER : TRICHE MAJEURE.*

Chapitre cinq

J'ai entendu parler de M. Draper, mais je ne le connais pas. C'est curieux comme on ne remarque pas les professeurs à moins qu'ils ne soient vos enseignants. Je l'ai sans doute croisé dans un corridor des centaines de fois, mais je ne sais même pas de quoi il a l'air. Tout ce que je sais de lui, c'est qu'il enseigne les math et la biologie en douzième année et ça, je viens juste de l'apprendre.

Mon informateur affirme qu'il y a tricherie sur une grande échelle dans les cours de Draper. Comme il s'agit de tests corrigés au scanneur — ceux où l'on noircit la bulle qui correspond à la réponse — il doit y avoir des corrigés quelque part. Quelqu'un les aura trouvés et copiés.

Mais ceci ne reste qu'une supposition. Je n'ai aucune preuve et je ne peux pas écrire un article basé sur une accusation anonyme. Le rédacteur en chef de l'*Islander* refuserait de le publier. Je dois prouver que les élèves de Draper trichent.

Et puis, tout d'un coup, un éclair de génie. Leurs notes, bien sûr! Les tricheurs devraient avoir de meilleures notes que les autres élèves.

C'est une excellente hypothèse, mais qui doit aussi être vérifiée. Comment m'y prendre? Je ne peux pas questionner les élèves sur leurs notes et les enseignants ne me laisseront certainement pas fouiner dans leurs dossiers.

Un instant. Et la direction? Je suis certaine que les notes de tous les élèves se trouvent dans l'ordinateur. Je ne peux pas entrer dans le bureau et les imprimer, mais si je prétends en avoir besoin pour un article, je réussirai peut-être à convaincre le directeur de me les donner. Quelle histoire pourrais-je inventer pour justifier l'accès aux résultats scolaires?

Il me vient à l'idée de consulter Jack, mais ça ne donnerait rien. Il est trop obsédé par le choix d'une université et sa bourse de basketball.

Mais voilà! C'est ça : *l'université.* Je pourrais dire que j'écris un article sur le rapport entre les notes finales et l'accès à l'université.

Je soumets mon idée à Tara.

— Oublie ça, dit-elle. Je parie que cette accusation est un canular. Un élève l'aura inventée pour te faire marcher. Par contre, un article sur l'accès à l'université pourrait être intéressant... à la condition de convaincre le directeur de te donner accès aux résultats.

Tara ne semble pas convaincue que je puisse y arriver.

— M. Wiens ne me donnera pas de résultats où figurent les noms des élèves, c'est certain, mais il pourrait me donner les listes de notes par matière.

— À quoi est-ce ça t'avancerait? demande Tara. Si tu ne sais pas à quels élèves appartiennent les notes, comment vas-tu déterminer qui sont leurs enseignants?

J'écarte l'objection de Tara :

— Je vais inventer un prétexte pour obtenir aussi les listes d'élèves de chaque classe.

— En quoi est-ce que ça va t'aider? demande-t-elle en fronçant les sourcils.

— Facile, dis-je en souriant. Les notes des élèves suivent l'ordre alphabétique. Je vais combiner les listes d'élèves en une grande liste alphabétique. Je n'aurai qu'à mettre les deux listes en parallèle. Je saurai ainsi quel élève a obtenu une certaine note et n'aurai qu'à vérifier à quelle classe il appartient.

Tara ouvre la bouche pour dire quelque chose, mais elle ne produit qu'un petit cri de souris. Je ne sais pas si elle est impressionnée par mon ingéniosité ou choquée par ma sournoiserie.

Bien que j'aie réussi à réfuter toutes les objections de Tara, je sais que M. Wiens sera plus difficile à convaincre. Mais ça vaut la peine d'essayer. Je prends donc rendez-vous pour le rencontrer après l'école. J'utilise la dernière période, la classe d'anglais, pour préparer mon plaidoyer.

Je ne passe que cinq minutes dans le bureau de M. Wiens, mais ça me paraît une heure. Je ne suis pas bonne menteuse — par manque de pratique, j'imagine. Un ruisseau de transpiration commence à couler dans mon dos au moment où je m'assois. Lorsque je me relève, mon T-shirt me colle à la peau.

M. Wiens ne dit pas grand-chose. Il s'adosse à son fauteuil, croise les bras et se contente de hocher la tête. Je parle donc sans arrêt. Une fois sortie de là, je ne me rappelle plus un mot de ce que j'ai dit.

J'ai dû présenter quelques bons arguments, puisque le lendemain il me convoque à son bureau pour me donner tout ce que j'ai demandé.

— Les élèves de Barton ont toujours eu des résultats impressionnants, dit-il tandis qu'il place les documents dans un dossier. Les statistiques indiquent qu'environ trente-trois pour cent des finissants du secondaire au Canada poursuivent leurs études à l'université. Barton dépasse largement la moyenne nationale. L'an dernier, trente-neuf pour cent de nos finissants sont passés à l'université. Je m'attends à ce que ce taux soit encore plus élevé cette année.

Il tire un document du dossier et me le montre.

— Tu ne me l'as pas demandé, mais j'ai pensé que ça pourrait t'être utile, dit-il. C'est une comparaison des notes des finissants de cette année et de l'an dernier. Comme tu peux le constater, les moyennes en math et en biologie se sont améliorées de façon marquée.

Ceci tend à vérifier mon hypothèse. Si les élèves trichent dans ces matières, leurs notes seront meilleures. Je n'en dis rien à M. Wiens, bien sûr. Je me contente d'incliner la tête.

— C'est très intéressant, dis-je.

Il remet le document dans le dossier et me le tend.

— J'espère que ça t'aidera pour ton article, Laurel. J'ai bien hâte de le lire.

J'ai envie de rentrer sous terre. Je n'ai plus le choix maintenant — il faut que j'écrive cet article.

Je me force à sourire.

— Merci, M. Wiens. Je suis certaine que cette information me sera très utile.

Et c'est vrai, du moins comme point de départ. Ces données *pourraient* m'aider à tirer cette affaire au clair. Cependant, je me sens un peu coupable d'avoir trompé M. Wiens. Mais une bonne reporter doit savoir fouiller, et ce n'est pas toujours un travail propre. Et si la vérité est mise au jour, ça en vaut la peine.

Lorsque je quitte le bureau, j'aperçois Jack appuyé contre un mur du vestiaire. Il parle avec Sean. Je ne vois que le dos de Sean, mais je sais immédiatement que c'est lui. Je reconnaîtrais ce dos-là entre mille.

Je commence à marcher vers eux lorsque Jack frappe son casier du poing et rugit :

— Pas question!

Je m'arrête.

— Non, dit-il.

Il se redresse et se plante devant Sean.

— Ne recommence pas, ajoute-t-il.

Il est évidemment en colère et je vois que Sean l'est aussi à la façon dont il serre les poings.

Que se passe-t-il? Jack et Sean ne se disputent jamais. Je retiens mon souffle. Soudainement, Jack hausse les épaules et se détend. Il murmure quelque chose et Sean tourne la tête dans ma direction.

Sean feint un sourire et me salue de la main.

— Hé, Laurel, dit-il.

Puis il s'éloigne dans le corridor en joggant.

Je m'approche de Jack.

— Qu'est-ce qui se passe? On aurait dit que vous étiez prêts à vous battre.

Jack hausse les épaules.

— N'exagère pas. Nous ne sommes pas d'accord sur un jeu que Sean veut faire au basket. Rien de grave. On se voit à la maison.

Chapitre six

J'avais prévu étudier l'information que
M. Wiens m'a donnée lorsque je serais
seule dans ma chambre. Mais je ne peux
plus attendre. Je veux des réponses tout
de suite.

Les élèves sont presque tous par-
tis. Je me glisse dans une classe vide
et étale les papiers sur quelques pupitres. Il y a environ deux cents finissants

dans notre école. Ça me prendrait des heures pour compiler une liste de tous les noms. Je commence donc par une courte liste des élèves de math dont les noms commencent par *A*, *B*, et *C*. J'espère que ça suffira pour trouver une relation entre les notes.

M. Draper est seul à enseigner la biologie en douzième année. Je n'ai donc pas besoin de combiner les listes pour cette matière. Si mon informateur a raison, les élèves de cette classe trichent. Et selon ma liste, pas un seul élève n'a échoué en biologie. Ça veut probablement dire que certains trichent.

Les notes me surprennent. Je m'attendais à ce qu'elles soient meilleures. Il y a quelques *A* et *B*, mais aussi un grand nombre de *C* et même quelques *D*. Si les élèves trichent, ils devraient avoir de meilleures notes.

À moins que la tricherie ne soit un phénomène récent.

Bien sûr! C'est la seule explication possible. Les élèves n'auront eu accès jusqu'à maintenant qu'à un ou deux corrigés. Et il en faudrait plus pour que les cotes s'améliorent de façon appréciable.

Je décide d'examiner la salle de classe de M. Draper. Je ne sais pas si ce sera utile. Peut-être pas. Mais ça ne fait rien. J'ai besoin de me faire une idée de la scène du crime.

M. Draper enseigne les math dans la salle 132, qui est reliée au labo de biologie par un petit local vitré. La porte en est fermée. Mais je vois par la fenêtre que la classe est vide. Je frappe pour être sûre. Pas de réponse. J'essaie d'ouvrir la porte, bien que je m'attende à ce qu'elle soit fermée à clé. À ma grande surprise, elle s'ouvre.

— M. Draper? dis-je en poussant la porte.

On entendrait une mouche voler. M. Draper n'est pas là. Et c'est tant mieux, parce que s'il m'avait répondu, je n'aurais pas su quoi faire. Je prends une grande respiration, regarde de chaque côté du corridor et entre sur le bout des pieds.

La classe est en désordre, ce qui est normal en fin de journée. Il y a des bouts de papier qui traînent par terre et sur les pupitres. Le tableau blanc est couvert d'équations mathématiques au feutre rouge, bleu et vert.

Le bureau de M. Draper est couvert de manuels et de cartables. Sur un coin, une tasse tachée par le café et un pot de crayons. Je me demande combien de fois M. Draper a tendu la main pour boire son café et s'est retrouvé la bouche pleine de crayons.

Face à moi, il y a un mur de fenêtres dont les stores sont baissés — probablement pour empêcher les élèves de regarder dehors. Les enseignants s'arrangent toujours pour bloquer la vue sur l'extérieur. On se demande vraiment pourquoi les écoles ont des fenêtres! Il y a un classeur entre le bureau de M. Draper et celles-ci.

Je marche sur la pointe des pieds jusqu'au petit local vitré. Je mets mes mains autour de mes yeux pour éliminer les reflets et jette un coup d'œil à l'intérieur. Je vois une chaise, un autre classeur et une table couverte de livres et de papiers. La porte du mur opposé donne sur le laboratoire de biologie.

J'essaie d'ouvrir la porte. Mais celle-ci est bien fermée à clé. Le corrigé se trouve-t-il dans ce local?

Je fais le tour de la classe. Il n'y a pas grand-chose d'intéressant à voir, sauf l'annonce du prochain test sur le tableau blanc. La prochaine occasion pour les tricheurs? Je prends note de la date.

Bien que je sois déjà dans cette classe sans invitation, je n'ose pas fouiller dans les tiroirs de M. Draper. Comme il ne semble y avoir rien de plus à découvrir, je décide de partir. Alors que je me dirige vers la porte, j'entends des pas dans le corridor. Il sont proches — *de plus en plus proches.*

Je cherche une cachette. Pas question d'avoir à expliquer à qui que ce soit ce que je fais ici — pas même au concierge. La personne qui s'approche dans le corridor pourrait bien passer tout droit, mais je ne veux rien laisser au hasard.

Il n'y a pas d'autre cachette que le classeur. Je me glisse entre celui-ci et les fenêtres. Je dois me faire toute petite pour empêcher que ma tête ne dépasse.

Je regrette immédiatement mon choix. Je ne suis pas à l'aise dans les petits espaces.

Tout à coup, je ne suis plus seule dans la classe. J'entends des pas feutrés suivis d'un bruit de bois qui grince. Un cliquetis, puis d'autres pas.

Est-ce M. Draper? J'aimerais pouvoir regarder. J'ai besoin de bouger, mais je n'ose pas. Ma position est très inconfortable et plus j'y pense, pire c'est. Il me faut une distraction, sinon je vais devenir folle. Je me sens prête à surgir de ma cachette comme un diable à ressort.

Je ferme les yeux en espérant que cette vision disparaîtra. Je me force à me concentrer sur les sons. J'entends de nouveau le cliquetis. *Des clés!* La personne qui est dans la classe a ouvert la porte du petit local. Les clés devaient se trouver dans le bureau de M. Draper, d'où le grincement du bois. J'entends ensuite un roulement métallique. Sans doute le classeur du petit local.

Je suis sur le point d'abandonner ma cachette lorsque j'entends le tiroir du classeur se refermer d'un coup sec.

Je suis figée. Mes jambes tremblent. Elles ne tiendront pas beaucoup plus longtemps.

La porte du local claque et la clé grince dans la serrure. Puis le trousseau de clés atterrit bruyamment dans le tiroir de bois. Le tiroir se referme avec fracas.

Dans le silence qui s'ensuit, j'ai les oreilles à l'affût. Est-ce que j'entends des pas qui s'éloignent ou bien est-ce que je prends mes désirs pour des réalités?

J'essaie de patienter un peu plus longtemps, mais je suis à l'agonie. Je ne peux pas rester recroquevillée une seconde de plus. Je sors de ma cachette et me redresse. Quel soulagement! Mais l'angoisse me saisit : *Suis-je vraiment seule?* Je me rends compte que mes yeux sont toujours fermés.

Je jette un coup d'œil furtif autour de la classe. Je suis seule et donc hors de danger, mais intensément curieuse. Je veux savoir qui se trouvait dans la classe. Je me précipite à la porte et regarde dans le corridor.

Il est vide, à part un gars qui s'éloigne. J'ai le souffle coupé par la surprise. Je referme rapidement la porte.

Je reconnaîtrais ce dos-là entre mille.

Chapitre sept

Je m'appuie contre un mur. Mes jambes sont trop fatiguées pour me porter, mes genoux lâchent et je glisse vers le sol. Je reste là, immobile pendant plusieurs minutes, à fixer les stores baissés.

J'ai peine à le croire. Sean Leger était dans la classe de M. Draper. Sean, le meilleur ami de mon frère.

Ne juge pas trop vite, me dis-je.

D'accord, peut-être que ce n'était *pas* Sean. Après tout, je n'ai vu que le dos du gars. Peut-être était-ce quelqu'un d'autre. Beaucoup de gars pourraient ressembler à Sean, vu de dos.

Et marcher comme lui? Et porter les mêmes vêtements? C'est trop fort comme coïncidence. Celui que j'ai vu dans le corridor ne peut être personne d'autre que Sean.

Et puis après? Le fait que Sean soit venu dans la classe de M. Draper ne veut pas dire qu'il a fait quelque chose de mal.

J'essaie de trouver une raison — *n'importe quelle raison* — pour expliquer le fait que Sean a fouillé dans ce classeur. Je n'en vois aucune. Il a pris les clés dans le premier tiroir qu'il a ouvert. C'est donc qu'il savait où elles sont rangées. Ce n'était donc pas la première fois.

La seule explication possible est qu'il cherchait le corrigé du prochain test de math. À la façon dont il a refermé le tiroir du classeur, je devine qu'il ne l'a pas trouvé. Je regarde l'annonce sur le tableau. Le test aura lieu la semaine prochaine.

Je ne veux pas que Sean soit coupable. Je le connais depuis toujours. Y aurait-il une autre explication?

J'ai beau chercher, mon cerveau refuse de produire une réponse. Puis, l'évidence me frappe en plein visage. C'est tellement simple. Si Sean n'est pas un élève de M. Draper, il n'a aucune raison de voler le corrigé. Ça prouverait son innocence.

Je regarde le dossier que j'ai toujours à la main. Je le tenais si serré qu'il est tout froissé, comme les papiers qui s'y trouvent. Je repère les listes des classes de math.

Dans quelle classe se trouve Sean? Celle de Barsky? de Timmons? de Walters? de Draper? Je parcours rapidement chaque liste. Non, non, non… oui.

Zut alors!

J'essaie de rester optimiste. Draper est le prof de math de Sean. Ça ne prouve rien.

Mais je n'arrive pas à m'en convaincre.

Un instant. Il y a triche en biologie aussi. Je fouille de nouveau dans les papiers. Sean et Jack sont meilleurs copains. Jack a choisi chimie. Peut-être que Sean aussi. Dans les listes de chimie, je trouve le nom de Jack, mais pas celui de Sean.

Bon, Sean n'est pas en chimie. Il a peut-être choisi la physique. Je vérifie la liste de physique. Pas de Sean Leger.

Tous les élèves de douzième année doivent suivre un cours de sciences. Si Sean n'est ni en chimie ni en physique, il est forcément en biologie.

Lorsque je mets le nez dans la chambre de Jack ce soir-là, il y a des papiers étalés partout. Des formulaires, des dépliants et des brochures — sur son bureau, sur son lit et même par terre. Pas facile de trouver un endroit où se tenir.

— Tu n'as pas encore fait ton choix? dis-je en sautant par-dessus une brochure de Stanford. Celle-ci est récente, n'est-ce pas? dis-je.

Jack fronce les sourcils.

— Ouais. J'en reçois des nouvelles tous les jours. C'est pourquoi je n'arrive pas à me décider. Ce n'est pas facile, tu sais.

— J'imagine que non. As-tu lu toute cette paperasse?

— Juste une cinquantaine de fois, murmure-t-il.

— Alors, où est le problème?

Trop tard, je constate mon erreur. Jack se met à parler de la difficulté de faire un choix.

— Tous ces établissements ont d'excellentes équipes de basketball. Je sais que peu importe l'établissement, je ne jouerai pas beaucoup la première année, mais l'entraînement sera formidable. Je devrai profiter au maximum des occasions qui me seront données de jouer. Je rêve, bien sûr, d'être recruté dans la NBA. Mais comme ce n'est pas une certitude, il faut choisir une université qui a un bon programme académique. Si je n'ai pas la bourse pour le basket, je vais avoir besoin d'une carrière.

— En quoi?

Jack lève les mains.

— C'est bien là le problème. Je ne sais pas! Je pense au droit, mais d'un autre côté j'aimerais être architecte et je m'intéresse aussi aux affaires.

— Mais les cours qui mènent à toutes ces professions seraient forcément différents, n'est-ce pas?

— Justement, gémit-il. Chaque établissement a ses points forts. Je n'ai aucune idéè quoi faire. Plus je reçois d'offres, plus j'ai de la difficulté à décider.

— Qu'est que les parents en pensent?

Jack roule des yeux.

— Papa dit de choisir celui qui offre le plus d'options et maman, de suivre mon intuition.

— Hum…

Jack me regarde intensément.

— Et *toi*, qu'est-ce que tu penses que je devrais faire?

— Oh…, dis-je en levant les mains.

Je fais un pas en arrière et atterris sur des formulaires de l'Université de Washington.

— Oups, désolée. Je ne peux pas décider pour toi. J'ai déjà de la difficulté à décider quoi porter chaque matin.

Jack fronce les sourcils.

— Eh bien, si tu n'es pas venue pour m'aider, qu'est-ce que tu me veux?

— Eh bien... dis-je d'une voix traînante, j'espérais que *tu* pourrais me donner un conseil.

— À quel sujet?

J'ignore comment Jack va réagir à ma révélation, mais il y a une seule façon de le savoir. Je respire à fond et me jette à l'eau.

— Tu te rappelles ce sondage sur la tricherie?

— Ouais. Et alors?

— Eh bien, j'ai reçu un message dénonçant une triche dans les cours de M. Draper. Les tests corrigés au scanneur.

Jack éclate de rire.

— Et tu as cru ça?

Je me raidis.

— Je suis reporter, Jack. C'était une piste. Je l'ai suivie.

Il cesse de sourire.

— D'accord. Qu'as-tu découvert? Rien, n'est-ce pas?

— Erreur.

Je lui explique que les notes et les listes d'élèves tendent à confirmer l'hypothèse de la triche.

— Et puis je suis allée dans la classe de M. Draper pour y jeter un coup d'œil.

— Alors?

Je hausse les épaules.

— J'ai vu au tableau l'annonce du prochain test.

— Oh, beau travail, Sherlock, dit-il en ricanant.

— Ce n'est pas tout, dis-je froidement.

— Oh, désolé, dit-il d'un ton qui manque de sincérité.

Je lui parle de la personne qui a fouillé dans le classeur du local de M. Draper. Je lui dis que j'ai regardé dans le corridor au moment où cette personne s'éloignait.

— C'était Sean, dis-je.

Jack n'a pas l'air de me croire.

— C'était Sean, dis-je de nouveau.

À ma grande surprise, il fait la grimace et réplique :

— Alors?

— Qu'est-ce que tu veux dire, *alors*? Tu ne crois pas que ça prouve qu'il est coupable?

— Non.

— Comment peux-tu dire ça? Le gars a pris la clé dans le bureau et a pénétré illégalement dans le local. Il a fouillé dans le classeur.

Jack croise les bras.

— Tu as la tête tellement remplie de ce fantasme d'espionnage que ton cerveau a plié bagage. T'es-tu déjà demandé si Sean avait une raison valide d'être là? Sean est l'assistant de laboratoire de Draper. Le savais-tu?

Je me sens ridicule.

— Ah! Euh, non. Je ne savais pas.

— Eh bien, c'est le cas. Il sait donc où Draper garde ses clés. Il va souvent dans ce local.

— Ah, dis-je encore.

— Oublie donc cette histoire, grommelle-t-il.

— C'est un sujet de reportage, Jack. Et ce qui est exposé n'est pas toujours joli.

— Il existe des milliards d'autres sujets de reportage. Je t'avertis, Laurel, tout le monde en parle, et pas favorablement. Personne n'aime les rapporteurs. Si tu n'abandonnes pas, tu vas te retrouver toute seule. Personne ne voudra jamais plus te parler.

Chapitre huit

Je voudrais croire ce que Jack m'a dit au sujet de Sean, mais je n'y arrive pas. Jack est l'ami de Sean, donc il va prendre sa défense, c'est normal. J'aime bien Sean, moi aussi, mais ça ne veut pas dire que je suis d'accord avec la tricherie. Comme je n'ai aucune preuve, en tout cas pour l'instant, je décide de garder mes soupçons pour moi-même.

— Et cet article au sujet de la triche? demande Liz le lendemain midi.

Je balaie la cafétéria du regard.

— Pas si fort. On pourrait nous entendre.

Tara secoue la tête.

— Honnêtement, Laurel, dit-elle. Crois-tu que ça intéresse quelqu'un d'autre que toi?

Je me hérisse, mais je ne veux pas d'une autre discussion. Je passe donc son insulte sous silence.

— M. Wiens m'a donné les listes d'élèves et les résultats scolaires, dis-je avec désinvolture.

Tara reste bouche bée.

— Sans blague!

Elle ne peut contenir son étonnement.

— Ouais, dis-je en faisant un effort pour rester modeste.

— Et alors? demande Liz.

— On dirait que mon informateur a raison.

Tara a le souffle coupé.

— Tu veux dire qu'il y a vraiment de la triche?

Je fais oui de la tête.

— Comment peux-tu en être certaine? demande Liz.

— Eh bien, premièrement, aucun élève n'a échoué en biologie. Pareil pour les cours de math de M. Draper. Aucun échec là non plus.

— Et dans les autres classes de math? demande Liz.

— Au moins quelques échecs dans chacune.

— Intéressant, dit Liz. Ça aurait dû éveiller les soupçons de la direction.

— Peut-être que M. Draper est un enseignant exceptionnel, avance Tara.

Elle tient clairement à écarter l'hypothèse de la triche.

— Peut-être, dis-je, sauf que l'an dernier, il y a eu des échecs dans les classes de M. Draper.

— Vraiment? demande Liz.

J'ai l'impression de voir les rouages de son cerveau se mettre en branle.

— Comment le sais-tu? demande Tara.

Je prends une bouchée de mon sandwich avant de répondre.

— M. Wiens m'a aussi donné les notes des élèves de l'an dernier. Pour que je puisse comparer. Il a même tenu à préciser que les notes des finissants de cette année sont meilleures que celles de l'an dernier.

— Est-ce que tous les élèves de Draper ont des *A*? demande Tara.

Mon front se plisse.

— Non. C'est ça que je ne comprends pas. Personne n'échoue, mais il y a encore toute la gamme des cotes : *A, B, C, D*. Un peu de tout, sauf *E* pour Échec.

— Eh bien, voilà, annonce Tara d'un ton satisfait. S'il y avait triche, *tout le monde* aurait un *A*.

— Pas d'accord, dit Liz en secouant la tête.

— Pourquoi? réplique Tara sur la défensive.

— La personne responsable de cette triche est peut-être très intelligente. Penses-y. Si tous les élèves de M. Draper, ou la plupart, avaient soudainement des *A*, il se douterait de quelque chose. Même s'il était le meilleur enseignant du monde, il y aurait encore des élèves qui ne saisiraient pas les concepts. Moi, je pense que les corrigés fournis aux élèves sont trafiqués sur mesure. Personne n'échoue, mais personne n'a cent pour cent. Les résultats sont crédibles.

Elle sourit et hoche la tête d'un air suffisant.

— Oui, c'est brillant, ajoute-t-elle.

— J'aime ta théorie, dis-je, mais comment allons-nous prouver tout ça?

Je suis soulagée qu'enfin quelqu'un d'autre que moi pense qu'il y a bel et bien triche.

Liz respire à fond.

— J'ai une idée, dit-elle.

— Vas-y, dis-je.

— D'abord, ce ne sont pas tous les élèves de Draper qui trichent.

— Impossible à savoir, interrompt Tara.

Liz roule des yeux.

— As-tu déjà vu les élèves participer à cent pour cent à quoi que ce soit? Certains élèves sont peut-être trop honnêtes pour tricher, dit-elle en me regardant du coin de l'œil. Ou bien, ce qui est plus probable, ils n'ont pas besoin de tricher. Pourquoi un élève qui a déjà des *A* se donnerait-il la peine de tricher?

Même Tara doit admettre que c'est logique.

— Mais, continue Liz, qu'ils participent ou pas, ils sont forcément au courant. Il ne nous reste qu'à convaincre un premier de classe de parler.

— Bonne idée! dis-je en me frottant les mains.

— Peut-être… si tu sais à qui t'adresser. Mais ce n'est pas le cas, ajoute Tara.

— J'ai les listes, dis-je. Je vais noter les noms des élèves qui ont des *A*. Je finirai bien par trouver quelqu'un qui accepte de parler.

— Pas besoin, dit Liz. Je sais exactement à qui m'adresser.

— À qui? Tara et moi demandons-nous à l'unisson.

Liz nous fait un large sourire.

— À la meilleure élève de Draper : ma sœur.

Je suis en train de faire mes devoirs lorsque Liz me téléphone ce soir-là.

C'est un devoir d'histoire et je déteste l'histoire. Son appel tombe pile.

— Allô.

Liz va droit au but.

— J'ai parlé à Hannah, dit-elle.

— Alors? Qu'est-ce qu'elle a dit?

— Pas grand-chose, répond Liz. Au début, elle a admis qu'il y avait une triche mais n'a pas voulu en dire plus. Elle est assez intelligente pour savoir que les rapporteuses perdent leurs amies.

Je vois où elle veut en venir, mais je ne m'y arrête pas.

— Tu as dit « au début ». Est-ce que ça veut dire qu'elle a fini par t'en dire plus?

— Oui. Mais j'ai dû la faire chanter. Et jurer sur ma vie que personne ne saurait jamais qu'elle avait parlé.

— Avec quoi l'as-tu fait chanter?

— C'est un argument dont je pourrais avoir besoin de nouveau. Il n'aurait aucun poids si le secret d'Hannah n'en était plus un, n'est-ce pas?

— Non. Je suppose que non, dis-je en soupirant.

J'écarte Hannah de mon esprit et reviens sur la piste.

— Alors, quel est le scoop?

— Eh bien…, dit Liz lentement, j'avais raison — cette triche porte la marque du génie. Et tu avais raison — elle est basée sur les copies des corrigés. Mais voici, dit-elle d'un ton satisfait, les élèves *paient* pour obtenir les réponses.

— Ils les *achètent*?

— Mais oui. Cette histoire prend un tour inattendu, n'est-ce pas?

Je peux presque détecter un sourire triomphant dans la voix de Liz.

Je suis abasourdie. Je n'avais jamais pensé que cette triche puisse avoir un aspect financier. Il ne s'agit pas simplement d'une triche pour réussir un test. Il s'agit d'un commerce!

— Tu sais qui est derrière tout ça? dis-je, curieuse.

— Je ne sais pas, répond Liz. Hannah n'a pas voulu donner de noms. Mais si elle nous avait tout dit, tu n'aurais plus besoin de fouiller et tu adores fouiller. Pourquoi gâcher ton plaisir?

— Qu'a-t-elle dit d'autre?

— Le tricheur — je sais que c'est un gars, puisque Hannah a échappé quelques *il* et *lui* — vend à chaque élève un corrigé différent adapté à ses notes habituelles. Un élève qui a des *C* reçoit un corrigé qui lui donnera un *C-* ou peut-être un *C+*. Il ne s'écarte pas de la normale. Plus la note est haute, plus cher est le corrigé. Hannah dit qu'ils varient entre sept et vingt dollars.

— Sans blague! Combien ce gars a-t-il de clients?

— Selon Hannah, environ quatre-vingt-dix pour cent des élèves en achètent. Draper a deux classes de biologie et deux de math. Ça fait à peu près cent vingt élèves. Quatre-vingt-dix pour cent donnerait cent huit élèves. Supposons qu'une semaine donnée, il y a un test de math *et* de biologie. Si les corrigés valent en moyenne douze dollars, il peut gagner... euh... environ mille trois cents dollars.

— Wow! Ça, ça fait beaucoup d'argent... et un excellent problème mathématique.

Liz rit.

— Ta sœur a-t-elle dit autre chose?

— Ouais. Notre génie habite près de l'école. Les ventes se font chez lui le midi.

— Et comment les élèves s'y prennent-ils pour remettre leurs feuilles de réponses falsifiées? Est-ce le tricheur qui fait l'échange?

— Non. Il ne court pas d'autre risque que celui de copier le corrigé original. Les élèves doivent trouver eux-mêmes le moyen d'échanger leur feuille de réponses contre la feuille falsifiée. La plupart les cachent sous leur chemise et les échangent vers la fin du test lorsque Draper regarde ailleurs.

— Personne n'a encore été pris?

— Personne.

— Et personne n'a rapporté?

— Pas encore.

— Eh bien, il est temps que quelqu'un le fasse.

Je me retourne et je vois Jack debout dans l'embrasure de la porte. Il est évident qu'il a entendu tout ce que j'ai dit.

Il me lance un regard où se mêlent la pitié et le dégoût, secoue la tête et s'éloigne.

Chapitre neuf

Liz a dit que le tricheur habitait près de l'école. Sean habite près de l'école. Ça se présente mal pour lui. Je suis certaine qu'il n'a pas réussi à trouver le corrigé la fois où je l'ai vu dans la classe de Draper, mais il pourrait l'avoir obtenu depuis. Avec la date du test qui approche, il est peut-être en pleine période de vente. Il est temps que je commence à le surveiller.

Je décide de le suivre vendredi midi. Je me précipite vers le vestiaire dès que la cloche sonne. En l'attendant, j'essaie de me fondre dans la foule des élèves qui viennent chercher leur lunch.

L'attente est de courte durée. Il arrive aussitôt, fourre ses livres dans son casier et décampe. Je le suis jusqu'à la sortie et le regarde traverser le champ à la course jusque chez lui. Il ne me reste plus qu'à attendre qu'il disparaisse de ma vue pour reprendre ma filature. Les arbustes près de sa maison offrent un couvert idéal pour espionner ses visiteurs éventuels.

Comme je m'apprête à ouvrir la porte, une main saisit mon bras.

C'est Jack.

— Qu'est-ce que tu fais là? demande-t-il d'un ton méprisant.

— Ce n'est pas ton affaire, dis-je d'un ton sec. Laisse-moi tranquille.

— Tu surveilles Sean. Je t'ai observée, dit-il d'un ton amer. Tu fais une détective pourrie, Laurel. C'est toi qui te fais attraper.

Je lui lance un regard furieux et tends le bras vers la porte. Il le saisit de nouveau et, cette fois-ci, il me fait mal.

— Je suis sérieux, Laurel, dit-il en serrant les dents. Laisse tomber. Sean est mon ami. Je ne vais pas te laisser le traîner dans la boue sous prétexte d'un article de journal.

J'ouvre la bouche pour discuter, mais il m'interrompt.

— Tu ne recherches que la gloire. Tu te fiches de blesser les gens.

— Tu admets donc que Sean est coupable, dis-je d'un air méprisant.

Jack a l'air d'un personnage gonflable qui vient de recevoir un coup d'épingle. Ses épaules s'affaissent et il baisse la tête.

— Tu ne comprends pas encore, n'est-ce pas? Je te demande de laisser tomber.

Puis il relâche mon bras et s'éloigne.

Tout l'après-midi, je pense à ce que Jack a dit. D'un côté je voudrais faire ce qu'il m'a demandé. Mais de l'autre, la journaliste en moi refuse d'abandonner. Si Sean est coupable, il n'a qu'à s'en prendre à lui-même. S'il n'est pas coupable, tant mieux. De toute façon, j'ai un bon reportage qui mérite d'être publié.

Je décide de retourner dans la classe de M. Draper après l'école. Si Sean — ou quelqu'un d'autre — n'a pas encore pris le corrigé, il pourrait s'essayer aujourd'hui.

Cette fois-ci, M. Draper est là. En tout cas, je suppose que c'est

M. Draper. Lorsque je regarde par la petite fenêtre de la porte, je vois un homme rondelet, chauve et à lunettes assis derrière le bureau. Il ne m'a pas aperçue, mais j'ai presque fait un arrêt cardiaque en le voyant! Je me détourne de la porte et attends que mon cœur cesse de battre la chamade.

Je jette un autre coup d'œil par la fenêtre. Je n'arrive pas à voir ce qui occupe Draper. Mais lorsqu'il se penche pour ramasser son crayon, j'aperçois le corrigé du prochain test.

J'ai l'impression d'avoir fait la découverte du siècle. Il faut que je prenne le temps de réfléchir, mais pas dans ce corridor où M. Draper pourrait me voir. J'ai besoin de solitude. Je cours me réfugier dans les toilettes des filles de l'autre côté du corridor. *Bon Dieu*! Je suis complètement paniquée. Comme si c'était *moi* la coupable. Je prends une grande respiration pour me calmer.

Bon. Qu'est-ce que je fais maintenant?

La chose à faire, c'est évidemment de retraverser le corridor et d'avouer tout ce que je sais à M. Draper. Ça deviendra son problème et je pourrai m'en laver les mains. Mais je n'aurai plus de reportage. De plus, si je dis tout à Draper, il en parlera à la direction. M. Wiens saura alors que je lui ai menti pour obtenir les notes des élèves.

D'accord, on oublie ça.

Y a-t-il une autre option? Ne rien faire. Je peux abandonner et laisser les événements suivre leur cours. Comme si ça se pouvait. Je ne peux pas faire ça. Il me faut ce reportage.

Je soupire. En fin de compte, il me reste une seule option : je dois prendre le voleur sur le fait. Mais le temps passe. S'il veut le corrigé, il doit faire vite.

Je regarde ma montre. Je ne sais pas combien de temps j'ai passé dans les toilettes, mais ça fait un moment.

Il est presque cinq heures. M. Draper est peut-être même déjà parti.

J'entrouvre la porte des toilettes. Je ne vois pas grand-chose — juste un côté du corridor. Mais qui vois-je venir vers moi? Mais qui vois-je venir vers moi? ou plutôt, vers la classe de M. Draper? Sean Leger.

Au moment où je décide de laisser la porte se refermer, le bruit d'une autre porte qui se ferme me fige. Sean s'arrête aussi.

— Sean, appelle une voix joviale. Qu'est-ce qui t'amène ici?

Ça doit être M. Draper.

Sean hausse les épaules et sourit. Il a l'air nerveux.

— Bonjour, monsieur Draper. Je viens voir si vous voulez que je prépare quelque chose pour le labo de biologie.

M. Draper pose la main sur l'épaule de Sean.

— J'apprécie ton offre, Sean, mais je pense que nous avons tout ce qu'il faut pour l'instant. Cependant, j'aurai besoin d'aide la semaine prochaine. Reviens donc mardi. D'ici là, profite du temps qu'il te reste pour préparer ton test de math, dit-il avec un petit rire. Tu peux m'accompagner jusqu'à ma voiture et essayer de me soutirer des informations sur les problèmes qu'il contient.

Je les regarde s'éloigner. J'hésite à sortir des toilettes. Je crains qu'ils ne reviennent. Que Sean ne revienne. Lorsque M. Draper est parti, il ne tenait à la main que son manteau. Ça veut dire qu'il n'a pas emporté le corrigé. C'est maintenant l'occasion parfaite pour Sean de s'en emparer.

Chapitre dix

Je reste planquée dans les toilettes des filles une demi-heure de plus, mais Sean ne revient pas et j'en ai assez d'être enfermée. Les toilettes sont un bon endroit pour certaines choses, mais à part ça, on n'a pas envie de s'y éterniser. J'y suis déjà depuis trop longtemps.

Il commence à se faire tard. Maman se demande probablement où je suis. Je farfouille dans mon sac pour trouver mon téléphone et compose le numéro de la maison.

C'est Jack qui répond.

— C'est moi, dis-je d'un ton que je veux normal.

Je suis encore tendue à cause de notre prise de bec de ce midi.

— Est-ce que maman est là?

— Elle est au magasin. Où es-tu?

Lui, il semble normal.

— À l'école, dis-je en espérant qu'il ne sautera pas aux conclusions.

Manque de chance.

— Qu'est-ce que tu fais là? demande-t-il d'un ton soupçonneux. Les cours sont finis depuis plus d'une heure.

J'entends une voix en fond sonore.

— Hé, remue-toi le cul, mon vieux! Sinon je vais te le botter.

— Calme tes nerfs, casse-pieds, répond Jack en riant.

— C'était qui?

— Leger, dit-il en riant de nouveau. Il rêve en couleur. Il pense qu'il va gagner la prochaine partie.

Si Sean joue au basket avec Jack, il est évident qu'il ne va pas revenir à l'école. Soudainement, je suis pressée de sortir d'ici.

— En tout cas, je partais justement. Tu diras à maman que j'arrive bientôt.

Avant que Jack puisse poser une autre question, je raccroche.

Je remets mon téléphone dans mon sac et me dirige vers la sortie. Mais après quelques pas, je décide de faire un détour au local du journal. Je dois ramasser mon article afin d'y travailler pendant la fin de semaine.

En ouvrant la porte, j'aperçois une enveloppe sur le plancher. Je la ramasse et la retourne. Elle m'est adressée.

Est-ce mon informateur qui m'envoie un autre indice?

Le mot à l'intérieur est court et direct : *Si tu ne te mêles pas de tes affaires, tu vas le regretter!* Pas de signature. Je retourne le papier, mais il n'y a rien de plus. Je replie la feuille et me mets à réfléchir.

Cette menace vise à me faire peur. L'ennui, c'est que je n'ai pas peur. Ça dit que je vais le regretter. Regretter quoi? D'avoir démasqué un tricheur? Certainement pas. D'obliger certains élèves à étudier avant les tests? Non. Je ne vois pas ce que je pourrais regretter... sauf si quelqu'un décidait de me flanquer une volée.

C'est Sean qui a écrit ce mot. J'en mettrais ma main au feu. Jack lui a sans doute parlé de l'article et il veut me faire abandonner. Mais je ne céderai pas à la menace. Sean est peut-être malhonnête, mais il n'est pas violent.

Par contre, si quelqu'un d'autre que Sean a écrit ce mot, ça pourrait être une autre histoire. Jack a dit que beaucoup d'élèves m'en veulent — tous ceux qui achètent les feuilles de réponses falsifiées, sans doute. Combien Liz en a-t-elle calculé? Un frisson me parcourt l'échine lorsque j'imagine cette foule en colère qui me poursuit dans les corridors.

Bon, d'accord. J'ai peut-être *un peu* peur, mais pas assez pour m'arrêter lorsque je suis si près du but.

Si le tricheur ne prend pas le corrigé lundi, il aura manqué sa dernière chance avant le test. Mais s'il vient le chercher, je l'attendrai de pied ferme.

J'ai de la difficulté à m'endormir dimanche soir. Je m'imagine divers scénarios. Je ne pense pas que le tricheur s'essaiera à midi : il y a trop d'élèves dans l'école.

Je me terre quand même dans les toilettes face à la classe de Draper. Il y a un trafic fou, ce qui rend la surveillance difficile. Mais peu importe, puisque le voleur ne se montre pas. Je viens de passer une autre heure inutile dans ce lieu dégoûtant.

Lorsqu'arrivent trois heures et demie, j'ai des fourmis dans les jambes. J'ai les nerfs à vif.

Dès que la cloche sonne, je me précipite aux toilettes. Je n'arrête même pas au vestiaire. La salle de math et le labo de biologie sont vides. Comme le local vitré qui les sépare.

Pendant les quinze premières minutes, il y a beaucoup de va-et-vient dans les toilettes et je n'arrive pas à garder l'œil sur la salle de Draper. Mais je ne suis pas inquiète. Le voleur ne passera pas à l'action durant l'heure de pointe.

Vers quatre heures moins le quart, c'est le calme plat. Je m'installe à mon poste et règle mon cellulaire pour prendre des photos compromettantes.

Je n'attends pas longtemps. Après quelques minutes, le voleur se présente. Il vient de l'autre direction et je ne le vois pas arriver. Mais je l'entends. Je voudrais ouvrir la porte plus grand, mais je n'ose pas. Je dois me contenter d'écouter. J'entends les mêmes sons que la première fois : tiroir du bureau, cliquetis des clés, tiroir du classeur.

Et puis le silence. Que se passe-t-il? Le suspense me tue. Je sais que je cours un grand risque, mais il faut que je sache. Je sors la tête par la porte et regarde de l'autre côté du corridor.

Le voleur est là, dans le petit local vitré. Il fouille dans le classeur. Finalement, il en retire un papier. C'est le corrigé, j'en suis sûre.

Mais au lieu de le photographier comme je m'y attendais, il sort une grande enveloppe brune de son sac à dos et en tire un autre corrigé.

J'imaginais ce moment depuis des jours. Mais j'ai peine à croire ce que je vois. Il remplace le corrigé original par un autre.

Je n'attends pas qu'il ait fini. Il pourrait me voir. Je rentre la tête rapidement, ferme la porte et attends qu'il parte.

Je regarde mon cellulaire. Je n'ai pas pris une seule photo. J'étais trop abasourdie. Jack avait raison. Le tricheur ne peut pas être Sean.

C'est Jack.

Chapitre onze

Il doit y avoir une erreur. Mon frère ne peut *pas* être le tricheur. C'est impossible. Et Jack ne volerait *jamais* quoi que ce soit!

Mais c'est bien ce qu'il a fait. Je l'ai vu de mes propres yeux. Il est entré dans le local de M. Draper et a remplacé le corrigé. Mais pourquoi? Il n'est même pas un élève de Draper. Et même s'il l'était, Jack n'a pas besoin de tricher. C'est le cerveau de la famille!

Le fait-il pour l'argent? Ça n'a pas de sens non plus. Notre famille n'est pas riche, mais pas pauvre non plus. Et Jack a un emploi à mi-temps. Il n'a pas besoin d'argent, à moins que…

Est-il possible que mon frère se drogue? J'écarte cette pensée avant qu'elle ne soit complètement formée. Jack est un adepte de la forme et de la santé. Il ne s'empoisonnerait pas avec des produits chimiques. Et ne risquerait surtout pas son avenir au basketball.

Je me mets à trembler. Je suis en état de choc. J'ai peine à admettre que Jack puisse être un tricheur. C'est mon frère! Il a peut-être fait quelque chose de mal, mais il n'est pas une mauvaise personne pour autant. Je ne peux pas le dénoncer.

Puis j'entends quelque chose… pas grand-chose, juste assez pour éveiller ma curiosité et me faire entrouvrir la porte légèrement.

Quelqu'un a ouvert la porte de la salle de math. M. Draper? Le concierge? Peut-être est-ce Jack? Il aura eu des remords et décidé de remettre le corrigé à sa place.

J'attends d'entendre le tiroir du classeur pour risquer un coup d'œil en direction du petit local.

Il y a bien quelqu'un, mais ce n'est pas Jack. Ni M. Draper, ni le concierge.

C'est Sean.

Il sort le corrigé, le place sur la table et prend une photo avec son cellulaire. Puis il remet le corrigé dans son dossier et referme le classeur.

Je ferme la porte des toilettes, mais garde l'oreille collée dessus. Lorsque je n'entends plus rien, je me glisse dans le corridor.

Sean est bel et bien parti.

Je suis soulagée — momentanément.

Mais qu'est-ce qui se passe ici?

Jack et Sean sont-ils *tous les deux* des escrocs? Sont-ils complices de la même triche ou bien chacun ignore-t-il ce que l'autre fait?

Je n'arrive pas à comprendre. S'ils travaillent ensemble, pourquoi Sean n'a-t-il pas photographié le corrigé *avant* que Jack ne le remplace? Et, de toute façon, pourquoi Jack a-t-il échangé les corrigés? Tout le long du trajet vers la maison, j'essaie de résoudre ce casse-tête, mais sans succès.

Lorsque j'arrive près de chez moi, je ralentis. Pas brillant, puisqu'il pleut à torrents. Mais c'est à peine si je m'en rends compte. Je crains plus de me retrouver face-à-face avec mon frère que d'être trempée jusqu'aux os.

Que faire? Lui dire que je l'ai vu dans la classe de M. Draper? Lui demander une explication? Menacer de le dénoncer? Et s'il refusait d'avouer, même confronté aux faits?

Je n'ai aucune idée de ce que je vais faire. Peut-être rien du tout, du moins pour l'instant. J'ai besoin de réfléchir. J'ai vu Jack dans le local de Draper, mais lui ne m'a pas vue. Il ne sait donc pas que je sais. Si j'arrive à cacher mes sentiments, il ne se doutera de rien. Mais comme je ne suis pas très habile à ce jeu, il faudrait un miracle pour que je puisse y arriver. Il est préférable d'éviter Jack autant que possible.

Mais il m'attend, appuyé contre le cadre de porte de sa chambre. Il semble avoir vieilli de dix ans depuis la dernière fois que je l'ai vu.

— Il faut que je te parle, dit-il.

— De quoi? dis-je en évitant son regard.

Il se retourne pour entrer dans sa chambre.

— Je pense que tu le sais déjà.

Chapitre douze

Mon cerveau crie *Non!*

Je ne suis pas prête à affronter Jack. Mes jambes le suivent quand même.

Je n'ai pas encore refermé la porte qu'il se met à me sermonner :

— Je te le demande une fois de plus, Laurel. Laisse tomber cet article. Je te l'ai déjà demandé — pour Sean. Maintenant, c'est pour moi que je te le demande.

J'éclate de rire. Pas d'un rire genre *c'est tordant*. Mais plutôt genre ricanement débile. J'ai l'impression de perdre la tête. Le regard de Jack confirme mon impression.

Il fronce les sourcils et recule d'un pas.

— Qu'est-ce qu'il t'arrive?

Sa question me ramène à la réalité.

— Qu'est-ce qu'il m'arrive à *moi*? dis-je, ébahie. Il me semble qu'il faudrait plutôt se demander ce qu'il t'arrive à *toi*.

— De quoi parles-tu? Ce n'est pas moi qui ris comme un dément.

— Et ce n'est pas moi qui suis impliquée dans une triche.

Voilà. C'est dit. Jack pâlit. Je vois que mes paroles ont porté. Je les regrette immédiatement.

— Je t'ai vu aujourd'hui dans le local de Draper, dis-je d'un ton neutre. Je t'ai vu échanger les corrigés.

Je voudrais qu'il nie, mais il s'affale sur son lit et fixe le tapis.

— C'est compliqué, dit-il.

Je ne dis rien.

Il étire le bras pour prendre une grande enveloppe brune sur son bureau. Sans doute celle qu'il avait dans le local de M. Draper. Il la pose sur le lit, puis il me regarde.

— Je te demande seulement de m'écouter jusqu'au bout. Ensuite, tu feras ce que tu voudras.

J'acquiesce d'un signe de tête.

— Bon, dit-il. Tu avais raison au sujet de Sean. Il vend des feuilles de réponses falsifiées. Mais ce n'est pas ainsi que tout a commencé. Sean est un bon gars, mais il n'est pas doué, surtout en math. Je sais de quoi je parle : j'ai étudié avec lui. Pour Sean, les math et le chinois, c'est du pareil au même.

— Ça ne justifie pas la tricherie.

Jack se renfrogne.

— Tu m'avais promis d'écouter.

— Désolée.

— Au début de l'année, Sean est devenu l'assistant de biologie de M. Draper. Je pense qu'il espérait que ça l'aiderait pour ses devoirs. Ça lui rapporte aussi de l'argent de poche. Ses parents tiennent un budget serré et il en a besoin.

— La première fois qu'il a triché, c'était au début de la saison de basket-ball. Sean devait réussir un certain test de math pour faire partie de l'équipe. Il est tombé sur le corrigé par hasard et, dit Jack en haussant les épaules, la tentation a été irrésistible. Il l'a photographié. Puis il a préparé une feuille de réponses avec juste assez de bonnes réponses pour ne pas éveiller les soupçons.

— Et comment est-ce devenu un commerce?

— J'y arrive, dit Jack en s'éclaircissant la voix. Je n'ai eu vent de cette triche que la deuxième fois qu'elle s'est produite. Nous devions participer à un important tournoi et Sean n'avait pas les moyens d'y aller. C'est alors qu'il a eu l'idée de vendre des feuilles de réponses falsifiées. Très vite, la plupart des élèves sont devenus ses clients. Il savait qu'il ne pouvait pas donner le corrigé tel quel. Si toute la classe avait la note parfaite, il se ferait prendre. Mais il ne savait pas comment modifier les feuilles de réponses de façon à ce que chaque élève obtienne à peu près sa note habituelle.

— C'est là que tu interviens, dis-je.

Jack pousse un soupir.

— Lorsque Sean m'a demandé de l'aider, j'ai piqué une crise et refusé net. Mais il m'a dit qu'il avait déjà dépensé l'argent pour ce voyage. S'il ne produisait pas les feuilles de réponses, il était grillé. Les élèves de sa classe allaient soit le dénoncer, soit l'étrangler.

Le regard de Jack implore ma compréhension.

— Sean est mon ami. Je ne pouvais pas refuser.

— Mais ça s'est produit de nouveau.

Il acquiesce.

— Combien de fois?

— Une fois après ça, et puis j'ai dit à Sean que je ne jouais plus. Fini. La saison de basketball tirait à sa fin et il n'y avait plus de raison de tricher.

— Mais…

— Mais il ne voulait pas abandonner. Il m'a harcelé pour que je l'aide une dernière fois. J'ai refusé carrément. Alors il a dit qu'il s'en occuperait tout seul.

Jack a l'air misérable.

— Alors tu as cédé.

Il relève la tête.

— Non! Je me sens déjà suffisamment coupable de l'avoir aidé comme je l'ai fait. Je ne le ferai plus. *Je* ne peux plus le faire… Et je ne peux pas *le* laisser faire non plus.

Il ramasse l'enveloppe et l'ouvre.

— Lorsque tu m'as vu dans le local de Draper, je remplaçais le corrigé original par un faux. Si Sean essaie de vendre des feuilles de réponses falsifiées en utilisant ce corrigé, tout le monde va échouer et il ne sera pas mieux que mort.

— Et que vas-tu faire maintenant?

— Je vais l'appeler pour lui dire qu'il a les mauvaises réponses. Il va piquer une de ces colères!

Il s'allonge de nouveau sur son lit et fixe le plafond.

— Peut-être, dis-je, mais c'est un mal pour un bien.

Chapitre treize

L'article sur la triche devait m'apporter la gloire. J'aurais pu offrir au rédacteur-en-chef de l'*Islander* un scandale crous-tillant. Et me faire une réputation comme reporter d'élite. J'aurais enfin été recon-nue pour qui je suis et pas seulement comme la petite sœur de Jack Quinn.

Jack a raison : seule la gloire m'importait. Il n'y avait aucun problème tant que le tricheur était anonyme. Je me fichais bien de ce qui lui arriverait une fois que je l'aurais dénoncé. Ça ne me dérangeait même pas lorsque je pensais que c'était Sean.

Mais lorsque j'ai découvert que Jack était impliqué dans la triche, la situation ne m'est plus apparue aussi nette. Jack a commis un acte malhonnête, mais il n'est pas pour autant une personne malhonnête. Et il n'est pas question que je révèle à toute l'école — *à toute la ville!* — ce qu'il a fait. Mais ce ne serait pas juste non plus de ne dénoncer que Sean.

Je peux donc dire adieu à mon article.

Mais je dois en écrire un de toute façon. Alors, je parle de moi. Ou plutôt de ce que j'ai appris sur moi-même au cours de mon enquête.

Je parle de la vague de colère soulevée par mon article sur la tricherie dans ma classe. Je croyais que c'était mon devoir moral de la dénoncer. Mais tous ces élèves fâchés contre moi avaient peut-être raison. Je ne voyais que les faits, pas les personnes. Dale et Jarod ont triché, bien sûr, mais j'y vois maintenant une preuve d'amitié plutôt qu'un crime.

Je reconnais dans mon article qu'une histoire a toujours plusieurs facettes et je m'excuse d'avoir jugé les autres. Nos motivations sont parfois aussi importantes que nos actions. Et le plus important, dis-je à mes lecteurs — s'il en reste encore — c'est qu'au bout du compte, il faut avoir la conscience tranquille. Ce n'est pas l'article que j'avais prévu écrire. C'est celui que j'avais *besoin* d'écrire. Ça m'a pris plusieurs jours pour le terminer.

Je ne peux pas effacer le tort que j'ai causé. Je ne peux pas forcer les autres à me parler, mais je sais que j'ai tiré une leçon de mes erreurs et ça, c'est un bon point de départ.

Le lendemain de la parution de mon article, un autre mot m'attend dans le local du journal.

Dès que je commence à le lire, je sais qu'il vient de mon informateur : *Je t'ai apporté l'information sur un plateau, mais tu n'en as rien fait. Tu as tout gâché.*

Il ne manquait plus que ça! Mon informateur me déteste lui aussi. La plupart des gens m'en veulent à cause de ce que j'ai écrit. Mais lui — je suppose que c'est un gars à cause de son écriture — m'en veut à cause de ce que je n'ai *pas* écrit.

Après l'assemblée du matin, Sean est envoyé au bureau du directeur. Il semble que mon informateur ait décidé de prendre l'affaire en main. Comme je n'ai pas écrit l'article qu'il attendait, il aura décidé d'aller trouver lui-même M. Wiens. Mais heureusement, il ne sait rien de l'implication de Jack.

Bien que Sean soit encore en colère contre Jack pour le faux corrigé, il ne l'a pas dénoncé. Sean aurait pu tout nier — c'était sa parole contre celle d'un autre élève — mais il a tout avoué.

Sean a été renvoyé de Barton et transféré dans une autre école. Ça veut dire qu'il ne va pas pouvoir terminer son secondaire entouré des élèves qu'il connaît depuis la maternelle.

Ce que Sean a fait est un crime, mais il ne deviendra pas pour autant un criminel de carrière. Il a seulement eu une faiblesse. Si je n'avais pas fait circuler ce sondage, personne n'en aurait su quoi que ce soit. D'un autre côté, mon informateur aurait peut-être parlé au directeur de toute façon. Il n'y a pas moyen de savoir, mais je me sens quand même responsable de cette situation.

Je n'ai pas la conscience tranquille, mais ce n'est rien en comparaison de ce que Jack traverse. Lorsque je passe le voir dans sa chambre le jour où Sean est renvoyé de l'école, il n'en mène pas large.

— C'est ma faute! gémit-il en faisant les cent pas. Si je ne m'étais pas laissé convaincre la première fois, rien de tout ça ne serait arrivé.

— Tu as la mémoire sélective, Jack, dis-je sèchement. Sean avait déjà dépensé l'argent avant même de remettre les feuilles de réponses falsifiées. Tu te rappelles? Si tu ne l'avais pas aidé, ses clients lui auraient flanqué une volée. Te serais-tu senti mieux?

Il me fusille du regard et continue de faire les cent pas.

— Eh bien, j'aurais dû faire quelque chose, murmure-t-il. Remettre l'argent, peut-être.

— Depuis quand as-tu *tant* d'argent que ça? Sean encaissait six cents dollars pour un seul test de math!

— J'aurais pu…

— N'insiste pas, Jack, dis-je en l'interrompant. Ce n'est pas ta faute. Sean le sait. C'est pourquoi il ne t'a pas dénoncé.

Jack se laisse tomber sur le lit.

— Ce n'est pas juste qu'il doive assumer seul toute la responsabilité.

— Qu'est-ce que ça donnerait que tu aies des ennuis toi aussi? Ça ne changerait rien au sort de Sean.

— Je le sais, dit-il. Mais ça changerait peut-être quelque chose pour moi. Je te cite : *Au bout du compte, il faut avoir la conscience tranquille.*

Jack a fini par tout avouer à nos parents et le lendemain, il est allé voir M. Wiens.

Il est étendu sur son lit et fixe le plafond lorsque je frappe à sa porte après l'école.

— Alors, comment ça s'est passé?

— Je suis exclu temporairement.

Ça ne semble pas le déranger.

— Pour combien de temps?

— Deux semaines. Les parents m'interdisent aussi de sortir.

— C'est tout?

Jack lève la tête et me regarde du coin de l'œil.

— Tu penses que ça ne suffit pas?

— Est-ce que tu as été transféré dans une autre école, comme Sean?

Il s'assoit sur son lit.

— Non, mais M. Wiens m'a dit sans équivoque que si la saison de basketball n'était pas déjà terminée, j'aurais été renvoyé de l'équipe.

— Oh, dis-je. Eh bien, tu as été chanceux. Autrement, tu n'aurais pas pu être recruté par une université.

— Ouais, ça aurait peut-être mieux valu. J'aurais cessé d'espérer.

— Qu'est-ce que tu veux dire?

Jack essaie de sourire, mais son effort est pathétique.

— Tu te rappelles que M. Wiens et mon entraîneur ont envoyé des lettres de recommandation à tous ces établissements?

— Oui. Et alors?

— Eh bien, M. Wiens dit qu'il est maintenant obligé de les informer de ma conduite.

— Oh non! dis-je dans un soupir. Est-ce que ça veut dire qu'ils vont retirer leurs offres de bourses d'études?

— Je ne sais pas, répond Jack en haussant les épaules. M. Wiens dit que ce n'est pas tant une question de moralité qu'un manque de jugement. C'est ainsi qu'il entend leur présenter la chose.

— C'est bien… n'est-ce pas?

— Je ne sais pas, dit-il en haussant de nouveau les épaules. C'est ce qu'on va voir.

J'incline la tête. Je me sens vide, dégonflée. Tout a tellement mal tourné. L'article qui devait me rendre célèbre a eu l'effet contraire : la plupart des élèves m'ignorent. J'ai ruiné la réputation de Sean et de Jack, mis leur amitié à rude épreuve et peut-être compromis l'avenir de Jack au basketball.

Rien n'est arrivé comme prévu. Je peux seulement espérer que la situation s'améliore. Comme l'a dit Jack : *C'est ce qu'on va voir...*

Voici un extrait d'un autre roman
de la collection française d'Orca,
En images, par Norah McClintock.

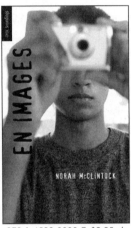

978-1-4598-0000-7 $9.95 pb

Ethan vit dans une famille d'accueil et s'efforce
de rester dans le droit chemin. Enrôlé dans
un programme de photographie pour jeunes,
il se trouve menacé à plusieurs reprises par
quelqu'un qui veut s'emparer de son appareil
photo. Que sait Ethan? Pour quelles images
quelqu'un serait-il prêt à tuer? Ethan tente de
résoudre le mystère tout en évitant les ennuis.
Il découvre qu'il a toutes les réponses. Il ne lui
reste plus qu'à découvrir les questions.

Chapitre premier

Je n'ai que moi-même à blâmer pour ce qui est arrivé et pour le gâchis qu'a été ma vie de délinquant.

— Dans la vie, tout est une question de choix, disait souvent Deacon, mon travailleur social. Il y a des bons choix et des mauvais choix, et chacun de ces choix mène à d'autres choix.

Bon, je l'avoue. Prendre un raccourci par une ruelle sombre était un mauvais choix. Personne ne me croira, mais j'ai vraiment réfléchi avant de prendre ma décision. Et j'ai finalement choisi de prendre le raccourci parce que a) je suis un gars, pas une fille, et donc n'avais pas à craindre qu'un malade m'attaque et me traîne derrière des buissons, et b) je voulais rentrer à la maison avant que ma mère de famille d'accueil ne commence à s'inquiéter. J'ai donc choisi la ruelle.

J'en avais parcouru la moitié, m'amusant à faire avancer un caillou à coups de pied, lorsqu'un gars est arrivé derrière moi, m'a pressé quelque chose de dur dans le dos et m'a offert un autre choix : lui donner mon sac à dos, *sinon*...

J'ai levé les mains en l'air et me suis retourné lentement. Vous auriez peut-être réagi autrement. Vous auriez peut-être laissé tomber votre sac à dos sans une seconde d'hésitation.

Mais je voulais savoir à qui j'avais affaire — un gars qui prétendait tenir une arme à feu pressée contre mon dos ou un gars qui tenait vraiment une arme à feu pressée contre mon dos.

Le gars tenait quelque chose qui ressemblait beaucoup à un pistolet. Il portait une cagoule, le genre capuchon à trous que portent les gars qui font des mauvais coups. Je ne voyais que ses yeux, qui étaient durs et froids, et sa bouche, petite et mesquine.

— Donne! dit-il d'un ton impatient.

— Tu te trompes de gars, dis-je.

Je sais. Vous n'auriez rien dit. Mais il se trompait vraiment. Je ne suis pas riche. Il n'y avait pas de portefeuille plein de billets et de cartes de crédit dans mon sac à dos. Pas de carte bancaire non plus. Rien qui vaille la peine d'être volé, sauf peut-être mon appareil photo et celui-ci n'avait pas beaucoup de valeur, sauf pour moi. Il n'était pas question que je le cède à quelqu'un qui allait le mettre à la poubelle ou le vendre pour cinq ou dix dollars.

— Ne m'oblige pas à répéter, dit le gars.

Puis il a levé son arme et l'a pointée sur ma tête.

Vu de près, on aurait dit un canon. Mes jambes avaient la tremblote. J'ai regardé le gars droit dans les yeux.

— Sérieusement, dis-je. Il n'y a rien dans mon sac à dos. Je n'ai pas d'argent. Je vis dans une famille d'accueil. Et ces gens-là ne m'ont pris chez eux que pour arrondir leurs fins de mois.

Ce n'est pas tout à fait vrai. Les Ashdale m'auraient probablement pris chez eux même s'ils n'étaient pas payés. Pour eux, ce n'est pas une question d'argent. Ils sont une famille d'accueil parce qu'ils veulent donner une chance à des gars comme moi. Ils sont stricts, mais gentils.

— C'est ta dernière chance, dit le gars.

Je sais ce que vous pensez : *Qu'est-ce qui te prend, Ethan? Donne le sac à dos, ne discute pas.* Mais vous n'êtes pas à ma place. Vous ne comprenez pas ce que représente pour moi cet appareil photo.

Je jette un autre coup d'œil à son pistolet. On dirait bien un vrai. Mais pourquoi ce gars-là pointerait-il une arme chargée sur moi alors que mon sac à dos ne pourrait contenir que quelques dollars ou une carte bancaire ou peut-être un iPod? Il faut être désespéré pour faire quelque chose comme ça. Ou complètement cinglé, comme un drogué en manque. Mais un idiot de ce genre n'aurait pas un vrai pistolet. Il n'en aurait pas les moyens. Ça doit être un faux.

J'aperçois mon caillou à quelques pouces de mon pied et je fais un autre choix.

Lentement, je baisse les mains vers mes épaules tout en surveillant le gars. Je veux être certain qu'il comprenne que je me prépare à enlever mon sac à dos. Je lis dans ses yeux la même satisfaction que j'ai vue dans les yeux de douzaines de harceleurs, la joie qu'ils éprouvent lorsqu'ils réussissent à forcer quelqu'un à leur donner ce qu'ils veulent.

Puis tout d'un coup, sans peser le pour et le contre, je frappe le caillou du pied aussi fort que je le peux. Il ricoche sur une benne à ordures, ce qui fait sursauter le gars. Il tourne la tête pour voir ce qui arrive et j'en profite pour balancer un coup de sac à dos à la main qui tient le pistolet. Ce dernier tombe par terre et je l'envoie revoler d'un violent coup de pied dans l'autre direction. Puis je pique un sprint dans la ruelle. Je suis presque arrivé à l'autre bout lorsque j'entends un coup de feu.

Oups! Ce pistolet n'était pas un jouet.

J'accélère. J'évite de me retourner —
ça m'aurait ralenti. Je zigzague parmi
les rues et les ruelles. Je cours jusqu'à
ce que mes poumons soient sur le point
d'exploser.

Je ne ralentis que lorsque j'arrive en
vue de chez nous. Personne ne me suit.
Je m'arrête, hors d'haleine, et regarde de
nouveau. Toujours personne. Ma respiration revient à la normale. Je cours jusqu'à
la porte, je l'ouvre et c'est l'odeur du
pain de viande de Mme Ashdale qui
m'accueille. Qu'on est bien chez soi!
Rien ne risque de m'arriver ici.